Philippe Bréham

ASCENSEUR POUR LE 5ᵉ CIEL

Pièce en cinq actes

SAN
Spiritualité Art Nature

SPECTACLES

Liste des principaux spectacles écrits, adaptés, mis en scène principalement et produits par Philippe Bréham sous l'égide de l'association S.A.N. (Spiritualité Art Nature), basées, pour la plupart, sur des contes inspirés de l'ancien Japon :

LE DÉSERT DES TARTARES
En juin 1994 au Théâtre de Ménilmontant à Paris, sur une adaptation du livre de Dino Buzzati et du film de Valerio Zurlini, mis en scène par Albert Saxer.

LE VENT DU TEMPS QUI PASSE (1re partie)
En juin 2002 au Théâtre de Ménilmontant à Paris, mis en scène par Albert Saxer.

LE VENT DU TEMPS QUI PASSE (2de partie)
En mai 2004 au Théâtre de Ménilmontant à Paris, mis en scène par Philippe Bréham.

LUNE OVALE
En 2005 à l'Espace Culturel Bertin Poirée à Paris.

AOYAGI (saule-vert)
En 2006 à l'Espace Culturel Bertin Poirée à Paris.

LE CHEMIN DES ETOILES
En 2008 au théâtre Le Passage vers les Etoiles à Paris.

LE SOUFFLE DE LA NEIGE
En 2012 à l'Espace Culturel Bertin Poirée à Paris.

UN MYSTERIEUX TRAIN DANS LA CAMPAGNE
En 2013 et 2014 au Théâtre de Nesle à Paris.

ASCENSEUR POUR LE CINQUIEME CIEL
Pour mai 2016, nouveau spectacle en préparation et qui fait l'objet du présent ouvrage.

PRÉFACE

« La pièce qui vous est présentée dans ce livre n'est pas une pièce de théâtre.

Il s'agit d'un texte, d'un message, exprimé dans un contexte allégorique sous une forme théâtrale.

Les dialogues ne sont pas générés par les personnages. Ils ne sont que des paroles qui réagissent à un évènement extérieur, celui créé par le personnage central : la voix off.

C'est elle qui représente le sujet de la pièce : cinq visions du monde qui se sont déroulées depuis la nuit des temps, depuis la première aventure de l'être humain sur cette terre jusqu'à celle où nous vivons actuellement.

Alors, au fur et à mesure que les principaux personnages sur scène traverseront chacun de ces mondes jusqu'au cinquième, ils se sentiront peu à peu transformés…

J'ai voulu montrer qu'à la suite d'un extraordinaire évènement, inattendu, indépendant de la volonté des personnages, ceux-ci, comme chacun de nous peut-être, parviendraient à prendre conscience de tous les changements qui s'opèrent actuellement dans le monde, avec toutes leurs conséquences négatives et positives en même temps. »

3 novembre 2015

PERSONNAGES

FRANCESCO, *ami de Niccolo*

NICCOLO, *ami de Francesco*

CHRISTINA, *petite amie du Resquilleur*

LUDIVINE, *femme rencontrée dans l'ascenseur*

LE RESQUILLEUR, *rencontré dans le grand magasin*

KOWAKO, *le premier homme de l'humanité*

CHRONOS, *Divinité du Temps*

LA VOIX, *personnage principal*

PRÉAMBULE

LE NARRATEUR

C'est une histoire étrange mais aussi ordinaire qui va être jouée devant vous. Celle des jours que nous passons simplement ou parfois extraordinairement. Sans que nous nous en rendions compte.
Sa beauté ne dépend que de vous, de ce que vous éprouverez en l'écoutant et en la regardant.
A certains instants, vous ressentirez de la peur, peut-être même de l'angoisse. Mais très vite vous serez rasséréné, apaisé, et même, vous vous sentirez libre, léger et serein comme un oiseau qui sait qu'on ne le chassera plus jamais, comme un arbre qui sait qu'on ne l'abattra jamais.

(Le narrateur sort puis entrent deux personnages)

ACTE I

Scène première

(Dans le rez-de-chaussée d'un grand magasin, deux amis, Francesco et Niccolo, se rencontrent par hasard.)

NICCOLO

Francesco, ça alors ! Ca fait longtemps… Qu'est-ce que tu fais là ?

FRANCESCO

Niccolo, quelle surprise ! Eh bien, tu vois. J'ai déjà fait quelques emplettes. Mais toi, je ne m'attendais pas à te rencontrer ici. D'habitude, tu as horreur des grands magasins

NICCOLO

Oh, tu sais, c'est vraiment exceptionnel : c'est demain l'anniversaire de ma copine et je voudrais lui offrir un cadeau.
Il y a ici un très bon rayon de parfumerie et bijoux fantaisie. Alors…

FRANCESCO

Oui, je vois…
Mais… si je peux me permettre… combien de printemps ou de bougies aura-t-elle ?

NICCOLO

Voyons voir… cette année… ? 25.

FRANCESCO

25 ans ! Eh beh… Elle est beaucoup plus jeune que toi, non ?

NICCOLO

Pourquoi ? Je fais si vieux que ça ?

FRANCESCO

Mais, non… Je plaisante !
D'ailleurs, ça fait longtemps que je ne l'ai pas vue. *(Un temps)*
Bon. Il me reste encore quelques petits achats à faire. Mais c'est cinq étages au-dessus. Tu m'accompagnes ?

NICCOLO

Ok. Avec plaisir.

FRANCESCO

Mais, au fait, tu vas au rayon parfumerie-bijouterie.
C'est où ?

NICCOLO

Au rez-de-chaussée. Aucun problème ; j'irai après.
Allons au cinquième.

FRANCESCO

Bon. Viens, on prend l'ascenseur.

NICCOLO

Euh… Francesco, il y a un escalator là-bas…

FRANCESCO

Oui. Mais comme l'ascenseur est ici…
Tu n'aimes pas les ascenseurs ?

NICCOLO

Non. Pas trop.
Il m'est arrivé plusieurs fois de…

FRANCESCO

Allez, viens. On monte ! Il est là.

Scène 2.

(Ils entrent dans l'ascenseur dont la lumière est très faible et clignote un peu. Une jeune femme, avec ses paquets au sol, se tient au fond de la cabine.)

NICCOLO

On s'arrête donc au cinquième ?

FRANCESCO

Oui.
Et vous, Mademoiselle ?

LA JEUNE FEMME

Moi aussi. Merci.

FRANCESCO
(Tout en appuyant sur le bouton du 5ème étage)
Il faut que je trouve une lampe de salon.
Hier soir, l'ampoule a claqué et, subitement je ne sais pas pourquoi, elle est tombée et…

(Soudain, dans la cabine, un bruit sourd. L'ascenseur s'arrête d'un coup et la lumière s'éteint plongeant les trois personnes dans le noir.)

Et… poff, le noir ! Comme maintenant !

NICCOLO

Tu vois. Qu'est-ce que je disais ! La panne !
On n'y voit rien !

FRANCESCO

Ça, je le vois bien !

NICCOLO

Nous voilà bien à présent, on est bloqués !
Qu'est-ce qu'on va faire ?!

FRANCESCO

Bah… ! Ce n'est rien. Une simple panne de courant. C'est tout !

NICCOLO

Vous êtes où, Mademoiselle ?
Je vous sens, mais… je ne vous vois plus !
Oh, je vous ai marché sur les pieds !…

LA JEUNE FEMME

Ce n'est pas grave, ça m'arrive tout le temps, même en plein jour !
Venez, je suis là, au fond. A droite.
Si vous venez vers moi, vous pourrez me…

NICCOLO

… vous voir ? Non, hélas… mais vous toucher, oui.

FRANCESCO

Allons, Niccolo, un peu de sérieux. Ce n'est pas vraiment le moment !

LA JEUNE FEMME

Il y a quand même un tout petit peu de lumière qui vient du plafond de la cabine. Une sorte de veilleuse.
Mais là, sur le tableau des étages, il doit bien y avoir un bouton d'alarme ou de téléphone. Voyons… tâtons…

NICCOLO

Je tâte encore….

FRANCESCO

Oui. C'est là. J'appuie. Ça sonne…

NICCOLO

Alors ?...

FRANCESCO

Rien.
Personne ne répond.

NICCOLO

Enfin, c'est ridicule ! Ils vont bien s'apercevoir qu'on est coincés, là-haut !

FRANCESCO

Sûrement.
Ca va, Mademoiselle ?

LA JEUNE FEMME

Oui, oui. Mais j'y pense… Une alarme a sûrement été donnée dans le magasin. Au fait, nous avons nos portables ?

FRANCESCO

Oui. Bien sûr.
Aïe, je n'ai plus de batterie !

LA JEUNE FEMME

Il faut attendre. Les pompiers vont sûrement venir.

NICCOLO

Tu comprends pourquoi maintenant, j'hésitais à prendre l'ascenseur.

(Soudain, un bruit sourd, suivi d'un ébranlement de la cabine. Et brusquement l'ascenseur repart…et s'arrête au quatrième étage.)

NICCOLO

Ca y est, le voilà qui repart !...

FRANCESCO

Et… Nous voilà arrivés !

LA JEUNE FEMME
(S'adressant à Niccolo)
Voyez bien, il ne fallait pas s'inquiéter, Monsieur Niccolo !

NICCOLO

Enfin ! On va pouvoir sortir de ce trou !

FRANCESCO

Attendez… On est au 4ème étage. ! J'avais pourtant bien appuyé sur le 5ème. Bon. Recliquons donc sur la bonne touche. Non. Ca ne marche pas. Recommençons…

NICCOLO

Ah non, surtout pas ! Il peut recommencer ! Moi, je sors à cet étage, tant pis !... Allez, venez tous les deux !

FRANCESCO

Ok. On vient, trouillard !

Scène 3.

(*Ils sortent de l'ascenseur. Devant eux l'image d'une foule énorme produisant un immense brouhaha…*)

NICCOLO

Mais, mais… Qu'est-ce que c'est que ce vacarme ?!
Et quel monde !

FRANCESCO

Je ne sais pas. C'est la première fois que je vois ça ici, dans ce grand magasin.

LA JEUNE FEMME

Pourtant, ce n'est qu'un jour de semaine et ce n'est pas une heure d'affluence. Bizarre. Vraiment !

NICCOLO

Eh ! Vous sentez cette odeur ? Pestilentielle ! Mais avec toute cette saleté parterre, ça ne m'étonne pas : des papiers partout, des cure-dents, des canettes… C'est vraiment dégueulasse ici !

FRANCESCO

C'est vrai Niccolo. Mais qu'est-ce que tu veux faire d'autre ? Venez, on va essayer de se frayer un chemin dans cette foule.

(Soudain, venue d'une radio cachée, une voix se fait entendre)

LA VOIX

Aujourd'hui, en ce lundi mémorable qui fête le cent cinquantième anniversaire de la guerre de 1939-1945, des émeutes ont eu lieu dans le centre ville faisant une centaine de morts…
En Asie du Sud-Est, en Malaisie et dans le sud de l'Inde, des typhons, des ouragans, des tornades se sont produits provoquant de considérables dégâts dans les villes comme Singapour où l'on dénombre des centaines de milliers de morts et de disparus…

NICCOLO

Mais… c'est quoi cette voix ? D'où vient-elle ?

FRANCESCO

Peut-être l'annonceur du magasin qui veut faire du zèle ?...

LA VOIX

… Et ce matin, on nous signale un meurtre monstrueux commis dans le quartier nord : une vieille femme massacrée en pleine rue par des malfrats qui voulait lui prendre son portefeuille…

Dans ce pays, les discussions politiques se poursuivent avec acharnement. A la veille des élections les divers commentateurs de tous bords analysent la pluralité des partis dont le nombre s'est multiplié par dix en l'espace de quelques mois.
C'est ainsi que dans notre pays, chers auditeurs, l'on compte plus de vingt cinq partis, en passant de l'extrême 5 gauche, à l'extrême 4 gauche, à extrême 3, 2, 1 puis etc… à l'extrême modéré 6, à l'extrême modéré 5, puis 4, 3, 2, 1 et O, presque neutre quoi !

NICCOLO

Charmant !

LA VOIX

Nouvelle alarmante pour le gouvernement : le taux de chômage s'élève à fin janvier à un niveau record, jamais atteint depuis la dernière guerre : 45% de la population active. Donc près de la moitié, chers téléauditeurs, ne travaille plus dans ce pays, d'où le nombre de sans-abri qui a triplé en quelque mois.

En outre, la bourse chute dans des proportions inquiétantes : baisse de plus de 80% sur toutes les capitales financières du monde.

Enfin, un nouveau recensement de la population planétaire vient d'être effectué : 50 milliards d'habitants avec une prévision d'accroissement de 60% d'ici une vingtaine d'années. Les écologistes qui prévoient une pollution humaine grandissante de la planète, s'inquiètent de ces chiffres…

Dernière minute : un test d'essai d'une bombe atomique nouvelle vient d'être effectué dans le Pacifique.

NICCOLO

Arrêtez, je ne veux plus entendre ces nouvelles horribles !

LA JEUNE FEMME

Allons venez, Monsieur Niccolo. N'écoutez pas. Accompagnez-moi donc au rayon parfumerie. A cet étage, il y en a un aussi. On va tenter de se frayer un chemin parmi cette foule.

NICCOLO

Un rayon parfumerie, ici ? Mais ça sent mauvais partout, avec tout ce monde agglutiné les uns sur les autres dans cette chaleur !

FRANCESCO

C'est sans doute pour ça qu'ils en ont prévu un !
Viens Niccolo. On va y aller

LA JEUNE FEMME

J'ai trouvé le rayon. Il y a une queue très longue à la caisse. Ah, voilà. Le flacon d'un Lancôme que je cherchais.

LA VOIX
(De nouveau tonitruante)

Et maintenant, chers amis auditeurs, une grande nouvelle pour tous ceux qui aiment le bon, le vrai cinéma : vient de sortir le dernier film de Cremascio VILPEROSO, qui a obtenu la plus noble et la plus haute récompense du festival de l'horreur : LE PARANOÎAXISTE, la suite de « Double Massacre à la tronçonneuse » !

NICCOLO

Mais c'est dingue !... Vous entendez ça ! Il est fou ce type ! Et puis vous avez vu cette foule devant pour faire la queue : que des infirmes, des estropiés ou presque !... Et dans cette queue, que des gens bizarres avec des visages louches ! Faites attention, Mademoiselle ! Si j'étais vous, j'attendrais le cinquième étage pour acheter votre parfum.

Scène 4.

(Soudain, un homme placé au bout de la queue, profite du brouhaha et de la foule pour se placer subrepticement devant la troisième personne, une jeune fille un peu distraite qu'il n'hésite pas à bousculer)

NICCOLO

(Énervé)

Oh, vous là-bas ! Je vous ai vu resquiller et bousculer brutalement cette jeune fille.

LE RESQUILLEUR

Quoi… ? Non mais… ! De quoi tu te mêles, eh, bigleux !

NICCOLO

Je ne suis pas « bigleux », Monsieur. Je vous ai parfaitement vu bousculer cette jeune fille. Sans doute pour prendre sa place. N'est-ce pas, Mademoiselle ?

LA JEUNE FILLE BRUNE

Oui, oui. C'est vrai ! Pardon, Monsieur, mais j'étais devant vous.

LE RESQUILLEUR

(S'approchant menaçant vers Francesco)

Toi, tu vas voir ce que tu vas voir !

NICCOLO

Mais… venez donc, cher ami, je vous attends !….

(Ils s'apprêtent à en venir aux mains. Mais après s'être rendu compte que Francesco aurait le dessus, le resquilleur, un peu essoufflé, se radoucit soudain.)

LE RESQUILLEUR

Cette fille est ma petite amie. Elle fait semblant de ne pas me reconnaître. Ce matin, elle a fichu le camp de chez moi. Sans me prévenir. Alors, je l'ai suivie.

LA JEUNE FILLE

Mais… mais, c'est faux !
(Au resquilleur)
Monsieur, je ne vous connais pas. Laissez-moi !

LE RESQUILLEUR

Cristina, pourquoi tu mens ?

FRANCESCO

Vous vous appelez Cristina ?

LA JEUNE FILLE

Oui. Et alors ?

FRANCESCO

Ce monsieur vous connaît donc.

LE RESQUILLEUR

Bien sûr que je la connais. Depuis deux ans !
Elle m'a avoué avoir une liaison.
(A Cristina)
C'est pas vrai peut-être ?!

CRISTINA

C'est vrai. Tu es devenu insupportable et grossier. Sans doute parce que tu bois !

LE RESQUILEUR

Oui, je bois. C'est à cause de toi. Car c'est toi qui m'as rendue la vie intenable !

CRISTINA

Moi aussi, j'en ai marre de toi, et j'ai décidé de partir. T'aurais pas dû me suivre !

LE RESQUILLEUR

Eh, quoi ? Je fais ce que je veux, non ?

CRISTINA

Et pourquoi tu me suis ? Laisse-moi tranquille !

LE RESQUILLEUR

C'est par hasard que je te retrouve là. J'avais des trucs à acheter dans ce rayon.

CRISTINA

Ca m'étonnerait !

LE RESQUILLEUR

Si parfaitement ! Et toi, t'as besoin de quoi dans ce rayon ? Tu sais pourquoi ils font tous la queue ici ?

CRISTINA

Pour acheter des eux de toilettes, des parfums, des produits de beauté

LE RESQUILLEUR

Ah oui ? Mais… tu as vu leur tête ? Tu crois vraiment qu'ils vont acheter ce genre de choses ? Ecoute… tu sais ce qu'on vend à ce rayon, c'est pas des produits de beauté, ma belle ! Mais de la drogue. Oui, de la drogue, sous toutes ses formes !

CRISTINA

De la drogue ? Mais tu dérailles, comme d'habitude !

LE RESQUILLEUR

Ah, je déraille ! Eh bien, demande, si, si, demande à tous ces paumés ce qu'ils veulent acheter. Tu verras ! De la drogue. Oui, parfaitement ! Du hash, du crack et autres trucs qui sont soigneusement cachés dans des flacons de parfum. Et c'est pour ça qu'il y a plus de cent personnes qui attendent !

CRISTINA

Comme toi ! C'est peut-être pour ça que tu fais la queue et que tu voulais prendre ma place.

LE RESQUILLEUR

Maintenant, tu sors d'ici et tu viens avec moi !
(A Francesco)
Et vous, encore une fois, ne vous mêlez pas de ça !

CRISTINA

Si tu me touches, je crie !

LE RESQUILLEUR

Tu peux crier, avec cette foule et ce bruit, personne ne t'entendra et ne fera attention à nous !

FRANCESCO

Allons, laissez-la… Vous voyez bien que cela ne changera rien ! Soyez raisonnable…

LE RESQUILLEUR

Non mais !…En quoi cela vous regarde ? Laissez-moi faire ce que je veux !

CRISTINA

(Elle parvient à se dégager du resquilleur et se précipite vers Francesco)

Monsieur, attendez-moi, je viens avec vous !

(Soudain un haut-parleur se fait entendre)

Alerte, alerte à tout le personnel et aux clients du magasin : une bombe à retardement vient d'être découverte au 4ème étage !
La police et les services de déminage ont été appelés d'urgence.
Prière de se diriger vers les sorties de secours.

NICCOLO

Oh, là là ! Vous entendez ça, il faut se tirer d'ici au plus vite ! On change d'étage. C'est épouvantable, ici ! Allez, on y va Francesco ! Venez Mesdemoiselles.

LE RESQUILLEUR

C'est ça, fichez le camp.
(Francesco, Niccolo et les deux jeunes femmes une fois éloignées.)
Et toi, le protecteur, si jamais tu remets les pieds ici, je te casse ta petite gueule !
Oui, ça va sauter, TOUT va sauter ici ! Ah ! Ah ! Ah !...

LA JEUNE FEMME DE L'ASCENSEUR
(A Francesco très énervé et prêt à en venir aux mains)

Laissez donc, Monsieur, c'est un voyou. Il y a beaucoup trop de monde ici. En plus avec cette alerte, dans ce vacarme et cette ambiance, les gens deviennent complètement dingues ! Il faut partir d'ici très vite !

FRANCESCO
(Au groupe)

J'avoue que je me suis retenu pour ne pas le démolir, ce petit c… ! Bon. Partons d'ici en vitesse ! On va changer d'étage et tenter d'atteindre le 5ème.

LA JEUNE FEMME DE L'ASCENSEUR
(S'adressant brusquement à Cristina)

Et vous, qu'avez-vous eu besoin de sortir avec ce bonhomme ? Il est complètement cinglé ce type ! Qui sait si ce n'est pas lui qui a posé une bombe dans ce magasin ?! Tout ce qui arrive, c'est de votre faute !

CRISTINA

De ma faute, de ma faute ! Non mais, regardez-là, elle !
C'est vous qui avez voulu achetez votre parfum à ce rayon maudit !

LUDIVINE

Et vous, pourquoi vous faisiez la queue ? Pour acheter de la drogue, non ?!

CRISTINA

Non mais, puis quoi encore ! Ca ne vous regarde pas !
Et en plus, c'est vous qui êtes passée devant sans faire la queue.
Tricheuse, oui, c'est tout ce que vous êtes ! Tricheuse et pimbêche !
Madame voudrait s'acheter un flacon de parfum. Et puis quoi encore ?!

FRANCESCO

Allons Mesdemoiselles, restez calmes. Ce n'est vraiment pas le moment.
Venez vite vers les sorties de secours !

Scène 5.

(Soudain retentit une sirène tonitruante suivie de l'étrange voix)

LA VOIX

Attention, attention ! Rappel du précédent communiqué : à tous les clients et au personnel du magasin : une bombe à retardement a été découverte à ce 4ème étage.

Prière d'évacuer les lieux dans les plus brefs délais et de vous diriger vers les sorties d'urgences en utilisant les escaliers.

NICCOLO

Ca y est, les pompiers et la police maintenant !
Qu'est-ce qui se passe ici ?
Vous êtes où Mademoiselle ?

FRANCESCO

Laquelle ?

NICCOLO

Eh bien, la première. Celle qu'on a rencontrée dans l'ascenseur.

LA JEUNE FEMME DE L'ASCENSEUR
(Sortant de l'endroit près de la caisse)

Je suis là, j'arrive, monsieur Niccolo !
Au fait, vous pouvez m'appeler Ludivine.

FRANCESCO

Ludivine !... Mais c'est un prénom vraiment ravissant, d'une incomparable beauté !

LUDIVINE

Je suis flattée. Vraiment !...

FRANCESCO

Je serai tout le temps là pour vous protéger et...

CRISTINA

Ca y est, y en a que pour elle !

NICCOLO

(A Ludivine et Francesco)

Désolé d'interrompre votre petit dialogue intime mais il y a urgence !
Regardez : il n'y a plus de queue. Tout le monde s'est précipité vers les sorties.
Au fait, votre parfum, vous ne l'avez pas acheté ?

LUDIVINE

Non, ce n'est pas grave. Je le trouverai au cinquième.

(Ils se dirigent tous les quatre vers les sorties de secours.)

CRISTINA

Venez vite ! Il y a des escaliers par là !

NICCOLO

C'est plus prudent que par les ascenseurs !

LUDIVINE

De toute façon, leur accès doit être interdit.

FRANCESCO

Merde ! Les escaliers sont bloqués ! Vraiment bizarre ça ! Il n'y a plus que les ascenseurs…

NICCOLO

Ah, non ! Pas le même en tous cas !

LUDIVINE

Ca m'étonnerait qu'on puisse les utiliser. Mais bon….

FRANCESCO

Venez vite, c'est par là !

(Ils font tous demi-tour et se dirigent vers l'ascenseur qu'ils avaient pris tout à l'heure.)

CRISTINA

Bizarre ! On peut s'en servir… Alors, on y va !…

NICCOLO

Oui… oui… N'hésitons pas. Vraiment !...

(Ils entrent tous les quatre dans l'ascenseur qui soudain s'ébranle puis, brusquement, s'arrête. En même temps que la lumière s'éteint.)

NICCOLO

Noir ! On va finir par s'y habituer, vous allez voir !

LUDIVINE

Non. Il redémarre !... Où va-t-il nous emmener cette fois ?

CRISTINA

Premier étage. C'est ce qu'on voulait, non ?

FRANCESCO

Pas tout à fait : c'est le rez-de-chaussée qu'on souhaitait pour l'instant.
Mais, bon !...

ACTE II

(La porte s'ouvre…Devant eux, se dévoile une vision extraordinaire et merveilleuse… Images de montagnes, de forêt, de lacs…)

Scène première

LUDIVINE

Incroyable ! Regardez ça !...

NICCOLO

Mais… mais… ce n'est plus le magasin !
C'est quoi, ce truc ? Je rêve ou quoi ?

FRANCESCO

Non, Niccolo. Tu ne rêves peut-être pas.
De toutes façons, on n'a pas le choix : vite, sortons de cette cage et allons vers cette forêt.

(La forêt s'anime progressivement : le chant des oiseaux, le bruit du vent dans les arbres en même temps que s'élève une douce musique…)

CRISTINA

C'est… c'est merveilleux !

NICCOLO

Y-pas à dire : on se sent mieux !

LUDIVINE

Vous entendez ce silence ?… C'est le silence de la nature, fait de ces chants d'oiseaux, de ces mille bruissements de la forêt…

NICCOLO

Ou de grognements, de rugissements d'ours, de lions cachés quelque part ?... Ca peut-être ça aussi!...

FRANCESCO

Non. Je ne le pense pas. Cette forêt me semble paisible.
Ecoutez ce que je vous propose les filles : Niccolo et moi allons faire un petit tour de reconnaissance. Vous allez nous attendre là, au bord de cet étang. On reviendra dans un instant. D'accord ?

NICCOLO

Ok. Je te suis.

(Sortent Francesco et Niccolo)

Scène 2.

CRISTINA

Nous voilà seules à présent.
Je te connais à peine. Mais j'ai l'impression bizarre de t'avoir déjà rencontrée quelque part il y a très longtemps, sans savoir quand exactement.

LUDIVINE

C'est possible, Cristina. Mais je ne m'en souviens pas.
D'ailleurs, j'ai l'impression de n'avoir plus aucun souvenir.
Comme si le passé n'existait plus.

CRISTINA

En fait, moi aussi. Sauf le souvenir vague d'une rencontre avec toi. Mais tout le reste des jours, des semaines, des mois écoulés me semble s'être évanoui d'un coup. C'est fou ça !
Et puis, avant, j'étais souvent préoccupée, préoccupée de ce que j'allais devenir…

LUDIVINE

C'est étrange, je ressens la même chose. Devant ce lac, dans cette forêt, ces montagnes qu'on aperçoit à travers les arbres, devant toute cette nature qui est une merveille, le Temps semble s'être arrêté pour moi, pour nous…

LA VOIX

Oui, Ludivine. A cet étage, le Temps est devenu immobile, aboli définitivement, car vous vivez tous les quatre le moment présent. Ici, dans cette nature, vous allez participez à la vie de chaque arbre, de chaque plante, au bruit léger de la rivière qui coule, aux mille bruissements qui font battre le cœur de cette forêt….

LUDIVINE

Mais, qui est donc cette voix qui revient ?

CRISTINA

Oui, c'est vraiment étrange… Et, d'où peut-elle venir ?
Bon. N'y pensons plus pour l'instant. Viens Ludivine. Regardes : je me mets contre le tronc de cet arbre, ce hêtre magnifique. D'abord face à lui, je me colle contre lui, je l'entoure de mes bras et… je respire.
Fais comme moi.

LUDIVINE

Je fais comme toi…

CRISTINA

Mettons-nous maintenant le dos à son tronc. Regardons en haut : ses branches, ses feuilles et le ciel au travers…

Scène 3.

(Rentrant de leur tour de reconnaissance, Francesco et Niccolo découvrent les deux jeunes femmes dans cette position)

FRANCESCO

Mais, qu'est-ce que vous faites toutes les deux, collées contre ce hêtre ?

LUDIVINE

Vous voyez bien. On fait corps avec l'arbre. On respire avec lui.

NICCOLO

Vous communiquez, quoi !...

CRISTINA

Et… on se sent beaucoup mieux.
Vous devriez essayer. Venez, monsieur Niccolo.

NICCOLO

Pourquoi pas ? Allez, viens Francesco. Ca va être cool.

(Tous les quatre sont maintenant collés à l'arbre. Puis au bout d'une minute, ils s'en détachent l'un après l'autre.)

CRISTINA

Alors messieurs, racontez-nous votre petite promenade.
Au fait, la Voix a encore parlé.

NICCOLO

Encore !... On dirait qu'elle nous suit. Bon. On verra bien !
Quant à nous, on a marché, marché longtemps. Et comme on commençait à avoir faim, des fruits, soudain, sont tombés des arbres. C'était fou, incroyable ! On aurait dit qu'ils nous avaient écoutés !

FRANCESCO

Ces fruits étaient tout simplement délicieux.

LUDIVINE

Quels fruits avez-vous mangés ?

FRANCESCO

Des pommes, des prunes, des cerises, toutes sortes de fruits.
Après, nous avons repris notre marche dans la forêt et avons rencontré les habitants.

CRISTINA

Ils n'étaient pas comme nous, j'imagine.

NICCOLO

A demi vêtus d'ailleurs. Très sympa. Ils n'ont pas besoin de vêtements car ici il fait tout le temps beau, c'est-à-dire ni trop chaud, ni trop froid.

FRANCESCO

Ils sont surtout très naturels. On a parlé un peu avec ces gens. Et ils nous ont compris et nous aussi. Incroyable !
Bref, ils nous ont expliqué que les produits de la terre, les fruits des arbres poussaient et tombaient en abondance et suffisaient à nourrir tout le monde. Y compris les animaux, jamais tués et respectés. Car ici dans cette contrée, ils sont tous végétariens. Chacun mange à sa faim. Pas de conflits pour la nourriture d'autant que les hommes qui vivent ici sont peu nombreux. Pas de guerres entre les pays dont la notion n'existe pas. De plus, il n'y a pas de maladies, pas d'infections, pas de dégénérescence car la nourriture qui vient de cette nature est saine. Aucune pollution.

NICCOLO

C'est sans doute pour ça qu'ils vénèrent la nature. Ils parlent aux arbres, aux rochers, aux rivières, aux animaux. Tous les remèdes viennent des plantes qui poussent sur une terre non polluée.

FRANCESCO

Ils nous ont dit que cette forêt qui les entoure était leur esprit bienfaiteur. Ils ne croyaient qu'en la beauté de la nature qui leur procurait tout.

LUDIVINE

Donc, pour eux, pas de religion, quoi !

NICCOLO

Parfaitement.

CRISTINA

C'est leur paradis, quoi !

FRANCESCO

Oui. La paix règne ici. D'autant que la nature est toujours paisible, calme, de soleil, de température. Et le ciel est bleu, lumineux, tous les jours. On dirait qu'il n'y a pas de saisons.
Ses habitants font réellement partie de la nature, font corps avec elle, comme nous tout à l'heure qui avons embrassé les arbres, et, ici, ils n'ont jamais eu besoin d'organiser des clans, des tribus, encore moins des pays. Juste leur famille naturelle. Et ces familles s'entendent parfaitement grâce à l'harmonie de la nature qui les entoure.

LUDIVINE

La politique n'existe pas, je suppose.

NICCOLO

Bien sûr que non. D'ailleurs, il n'y a pas de chef.

LUDIVINE

Donc, pas de révolte possible.

FRANCESCO

Non.

CRISTINA

Mais, comment est-ce possible, pas de chef ?

FRANCESCO

Je vais vous le dire, Cristina : ici, tout le monde est responsable individuellement de ce qu'il fait, à l'égard des autres mais aussi à l'égard de lui-même. Chaque habitant, conscient de leurs actes réciproques, s'entend très bien avec le voisin.

NICCOLO

Je ressens l'impression que ces habitants, cette nature, si paisible, si harmonieuse me comblent. Que je ne me pose plus de questions sur mon avenir, sur ce que je deviendrai.

FRANCESCO

J'éprouve la même chose : plus de préoccupations, d'anxiété, d'angoisses de notre futur. La maladie, la vieillesse, la dégénérescence, tout cela, je n'y pense absolument plus.

NICCOLO

Alors, vous ne pensez plus à la mort ? C'est vrai ? Bien vrai ?

LUDIVINE

Vrai, Niccolo. On n'y pense vraiment plus. Pas plus qu'à Dieu. C'est vrai pour nous tous ?

(Cristina et Francesco approuvent en même temps.)

NICCOLO
(En proie à une légère émotion)

Je... je suis très heureux de vous voir parler comme ça. Dieu, pour moi aussi, c'est la nature. Tout simplement. Egalement, le fait de vous avoir rencontré, Cristina, Ludivine, c'est... c'est merveilleux !

Et peut-être que si je n'avais pas revu par hasard mon copain Francesco, on ne se serait pas tous retrouvés ici à cet étage magique.

CRISTINA

J'ai envie de t'embrasser, Ludivine ! Viens…

(Elles s'embrassent affectueusement)

NICCOLO ET FRANCESCO

Et nous !... Et nous alors ?!….

Scène 4.

(Tandis qu'ils s'embrassent tous réciproquement, un habitant de la forêt, très légèrement vêtu et caché derrière un arbre, les regarde, ébahi, avec un léger sourire.)

FRANCESCO

Ah, qui voilà ? Mais… c'est l'homme qu'on a rencontré tout à l'heure dans la forêt. Ca fait longtemps…Viens que je te présente à nos deux amies.

CRISTINA

Et… What is your name, Monsieur ?

(A Francesco, à voix basse)

Il ne comprend peut-être pas l'anglais ?

L'HOMME DE LA FORET

(Un peu gêné)

Hum !… My name is Kowako.

CRISTINA

Kowako… Mais c'est charmant comme prénom, dites-moi !… De quelle origine est-ce donc ? Anglais, Javanais, Papou, Japonais ?

KOWAKO

(Avec un accent inconnu)

Il y a plusieurs milliers d'années, j'étais japonais. Mais le souvenir est vague. A présent,
Je comprends toutes les langues, mademoiselle. Il y a très, très longtemps, je les avais apprises.
Dites-moi, quand j'ai rencontré messieurs Niccolo et Francesco, ils m'ont paru un peu effrayés, un peu secoués même ?!

CRISTINA

Oui, oui ! En fait, c'était par un ascenseur.

KOWAKO

Un ascenseur ? C'est quoi ?

LUDIVINE

En fait, c'est un peu compliqué, monsieur Kowako. La technique moderne, quoi !...

NICCOLO

C'est une sorte d'élévateur pour transporter des gens d'un étage à un autre étage. Jusqu'au 5ème étage par exemple.

(En aparté)

Celui qu'on essaie d'atteindre.

KOWAKO

« Etage », c'est quoi ?

FRANCESCO

C'est…ce sont des niveaux différents, du bas jusqu'en haut. 1er, 2ème, 3ème, 4ème, 5ème niveau…

KOWAKO

Ah, bon… ! Et… « Niveau », ça veut dire quoi ?

CRISTINA

« Niveau », euh….ça veut dire…..différence de hauteur, de longueur, de largeur.

(En même temps, elle fait des mouvements avec les bras.)

Voyez ce que je veux dire ?... ?

KOWAKO

(Sans expression)

Non… non… I don't see. Non ho capito, non vedo cio che vuoi dire. Amari wakarimasen.

NICCOLO

Vous parlez peut-être toutes les langues mais vous ne savez même pas ce que signifie « niveau » ou « différence de niveau » !

FRANCESCO

(Aux autres)

C'est tout à fait normal qu'il ne comprenne pas. Il n'a jamais vu d'ascenseur. Pas plus qu'il n'a vu d'immeubles. Ici, il n'y a pas de

villes, ni même de villages. Juste un semblant de maisons en bois pour ne pas être gênés par un peu de pluie ou les animaux de la forêt, comme des insectes.
N'est-ce pas Kowako ?

KOWAKO

Oui. La nature est si paisible dans cette forêt, le climat toujours si parfait, ni trop chaud, ni trop froid, qu'on n'a pas besoin de maisons solides, ni de vêtements comme vous en portez.

LUDIVINE

Mais ces arbres, ces plantes magnifiques, ces lacs, ces rivières, il faut bien de la pluie pour les faire pousser et les créer ? Et quand la pluie tombe, il faut vous abriter sous des maisons en pierre, non ?

KOWAKO

C'est la musique des oiseaux qui fait pousser les plantes et les arbres. Et la pluie ne nous gêne pas, car notre peau est dure et plus épaisse que la vôtre. Tenez, touchez…

NICCOLO

Ca alors, incroyable !

LUDIVINE

(Elle la touche aussi)

Incroyable mais vrai.

KOWAKO

Notre peau est recouverte d'une sorte de liquide qui nous protège de toutes piqûres d'insectes, de toutes maladies.
D'ailleurs notre corps ne souffre jamais. Il n'est jamais malade.

NICCOLO

Et… comment mourrez-vous ?
(Soudain le visage de Kowako se fige et il ne répond pas.)

FRANCESCO

Il ne peut répondre car lui et ses congénères ne savent pas ce qu'est la mort. Tout à l'heure, Niccolo et moi, on a essayé de lui poser des questions à ce sujet, mais il semblait ne pas du tout comprendre.

LUDIVINE

Quand ils meurent, ils ne doivent pas s'en rendre compte, alors ?

NICCOLO

Exact. Ils meurent tous d'un simple arrêt cardiaque, sans aucune souffrance.

FRANCESCO

Et surtout, sans en avoir conscience. Donc, ils ne savent pas ce que c'est.

CRISTINA

Mais voyons, quand l'un d'entre eux meurt soudainement dans leur famille, ils voient bien le corps inerte. Ils ne se demandent pas : « Tiens qu'est-ce qui s'est passé ? »

FRANCESCO

Je ne sais pas, Cristina.
(A Kowako)
Tu as entendu et compris ce qu'on disait, Kowako ?

KOWAKO

Non. *(Un silence)*
Mademoiselle Ludivine, je voudrais que vous fassiez une petite promenade avec moi dans la forêt.

LUDIVINE
(Hésitante, regardant ses compagnons)

Euh, eh bien…
On pourrait faire cette promenade avec vous, tous ensembles. Ce serait sympathique, vous ne trouvez pas ?

KOWAKO

Non. Je voudrais la faire, seul avec vous.

LUDIVINE

Mais, Kowako, écoutez… Je pourrais venir avec ma copine. D'accord, vous connaissez déjà Niccolo et Francesco. Mais comme vous n'avez pas encore parlé avec Cristina, vous pourriez faire sa connaissance, non ?

KOWAKO

Non. Vous seule venir avec moi.

FRANCESCO

Désolé, Kowako, mais nous ne pouvons pas laisser notre compagne. Elle ne vous connaît pas et ne connaît pas la forêt.

CRISTINA

Allons, mon ami, un bon geste : vous auriez deux femmes avec vous pour cette promenade. Ne serait-ce point agréable pour vous ?

KOWAKO

Une seule suffit.

NICCOLO

Ah bon, pourquoi ?

KOWAKO

N'aie besoin que d'une seule femme pour reproduction.

LUDIVINE et CRISTINA

Quoi, qu'est-ce que vous dites ?? Vous ne croyez tout de même pas que… on vous connaît à peine !…!

FRANCESCO

Ne vous affolez pas, mesdemoiselles. C'est normal qu'il pense comme ça.

KOWAKO

Avec deux femmes, deux fois plus de risques d'avoir le double de bébés. Forêt ne doit pas être trop peuplée.

NICCOLO

Alors, c'aurait été ça, votre petite ballade en forêt ?
Ben… dites donc, vous, c'est du direct !!

CRISTINA

Ecoutez Kowako, mon amie a déjà trois enfants dans son pays, plus un mari dont elle s'occupe. D'ailleurs, moi aussi, je tiens à vous prévenir, pour le cas où, bien sûr, vous auriez modifié votre choix.

KOWAKO
(La regarde un instant dans les yeux, sans s'exprimer par la voix.)

LUDIVINE

Bon. *(Un temps)*
De toute façon, c'est vrai, Kowako, nous ne pouvons faire cela. Vous allez sûrement trouver d'autres femmes pour avoir des enfants.

KOWAKO

Vous pas compris. Vous peur… peut-être.
Moi juste avoir besoin de votre regard pour plonger le mien dans le vôtre. Seulement ondes d'amour subtilement envoyées vers vous, vers vos yeux. Et si votre regard se fond dans le mien avec le même amour, un autre petit être viendra.

NICCOLO
(A Francesco, discrètement)

Il est devenu un peu… euh… curieux, depuis tout à l'heure, non ?

FRANCESCO

Non, je ne crois pas. Il est d'un autre monde, c'est tout.

LUDIVINE

Ecoutez, Kowako, je ne me sens pas prête à ce genre d'expérience. Comme nous vous l'avons dit, nous avons déjà des enfants et…

KOWAKO

Vous avoir eu des enfants ailleurs, loin, très loin d'ici, et il y a très longtemps…

FRANCESCO

Kowako, je pense qu'il nous faut partir à présent.

NICCOLO
(En aparté, aux jeunes femmes)

Je crois aussi qu'il vaut peut-être mieux ne pas tenter de le contaminer avec vos corps. On ne sait jamais ce qu'il pourrait faire, comme il n'a pas l'habitude !

FRANCESCO

Ces jeunes femmes ne peuvent vous aider. Nous ne sommes pas de votre monde. Et nous devons retourner dans le nôtre. J'espère que vous le comprenez.
(Un silence)
Au revoir, Kowako. Sachez que nous nous reverrons sûrement.

KOWAKO

Moi, le sais. Vous reviendrez un jour. Bientôt quand les temps seront venus.
Vous souhaite à tous bon courage jusqu'à ce jour.

(Une lumière éblouissante surgit, faisant d'un coup disparaître la forêt, suivie d'un grondement métallique immense. Les quatre compagnons se retrouvent soudain dans l'ascenseur à nouveau plongé dans le noir.)

ACTE III

Scène première

(Dans la cabine de l'ascenseur qui commence à avoir des soubresauts bruyants puis s'arrête brusquement.)

NICCOLO

Ca y est : nous voilà à nouveau en panne et plongés dans le noir. Où êtes-vous les filles ?

LUDIVINE ET CRISTINA

Là ! Viens Niccolo !….

NICCOLO

Ici ou là ?

FRANCESCO

Niccolo, ce n'est peut-être pas le moment pour en profiter. Je te signale, à tout hasard, que la cabine n'est pas grande ! Tu vas bien finir par les trouver, ou les toucher. Je ne suis pas loin d'elles d'ailleurs, mais moi, tu ne me touches pas !

NICCOLO

Non, non. T'inquiète !

CRISTINA

Bon. Le voilà qu'il redémarre !

LUDIVINE

Où est-ce qu'on va atterrir ?

FRANCESCO

On va voir ça dans quelques secondes. Au premier étage, non. On en vient.

NICCOLO

Ca, Francesco, on ne sait jamais avec cet asc…

(Dans un crissement sourd, suivi d'une secousse, l'ascenseur stoppe au deuxième étage.)

FRANCESCO

Bon. Deuxième étage. Il n'est pas illogique après tout cet ascenseur. Mesdemoiselles, monsieur ! Si vous voulez bien sortir….

(La porte s'ouvre, dévoilant devant eux le même paysage qu'au premier, à quelques détails près.)

Scène 2.

LUDIVINE

C'est presque le même paysage qu'au premier étage.
Sauf que là, le ciel est crépusculaire. C'est beau mais un peu triste, non ?

CRISTINA

Non, le soleil ne se couche pas encore. En fait, ces teintes un peu rouge-orangé, ce sont simplement celles des feuilles des arbres…. Comme c'est merveilleux, toutes ces couleurs !

(Subitement, une pomme lui tombe sur la tête)

Hm…. Elle a l'air bien mûre. Voyons voir

FRANCESCO

Bon. Je pense qu'on est en automne. Ou à son début.

NICCOLO

Il y aurait alors des saisons à cet étage ?

LUDIVINE

Peut-être bien. D'ailleurs, sentez-vous qu'il fait un peu moins chaud que tout à l'heure ?

LA VOIX

Oui, mes amis. Car ici, au second étage, les saisons apparaissent.

NICCOLO

Tiens, la voilà de nouveau, la Voix. Ca faisait longtemps ! Mais qu'elle est douce, cette fois !
(A la voix)
Dites, madame la voix, pourquoi les saisons apparaissent-elles ici ?

LA VOIX

C'est à cause du Temps.

FRANCESCO

Le temps qu'il fait, je veux dire, serait-il variable ?

LA VOIX

Oui. A Cause du Temps.

NICCOLO

Ca, vous nous l'avez déjà dit.

LA VOIX

Le Chronos, le Temps qui passe, change aussi le temps qu'il fait. C'est d'ailleurs pour cela que le ciel est moins lumineux qu'au 1er étage. Nous sommes en fin d'après-midi et quelques heures ont passé.
Avec le cycle des saisons qui engendre les pluies, les vents, les orages, le tonnerre, mais aussi le soleil, la chaleur, la clarté du ciel, la verdure des arbres, la nature demeure belle et harmonieuse.
Mais parfois elle peut se montrer en colère et menaçante, autant qu'agréable et douce.
Sous ce ciel encore très beau, ces divers aspects de la nature inspirant la crainte et la reconnaissance, ont également incité les hommes à créer des dieux qu'ils ont personnifiés et personnalisés.

LUDIVINE

Des dieux ? Alors, ce seraient les divinités de la nature ?

LA VOIX

Oui, Ludivine. C'est bien cela.

CRISTINA

Mais ces divinités seraient aussi bien féminines que masculines ?

NICCOLO

Je pense que ces dieux sont plutôt masculins, voyons !

LA VOIX

En fait, il y a un peu des deux.

FRANCESCO

Expliquez-nous cela.

LA VOIX

Chronos est lui-même le père de Zeus, pourtant vénéré comme le dieu des Dieux, celui qui règne sur le ciel et la Terre. Zeus gouverne Apollon, le dieu du soleil et Poséidon, le dieu de la mer. Ainsi le dieu du soleil, qui apporte la lumière et la fécondité de la Terre est appelé Surya en Inde, Inti chez les Incas, Rê chez les Egyptiens.
Au Pérou, Inti est l'incarnation du soleil ; leurs habitants le considèrent comme l'ancêtre divin de leurs dirigeants qui sont les fils du soleil. Inti est l'époux de Pachamama, la déesse de la Terre.

CRISTINA

Bon. Pour l'instant, ce ne sont que des divinités masculines, j'ai l'impression.
Et la lune, dans tout ça ?

LA VOIX

La lune ? Ah !… Eh bien, effectivement, on peut la considérer comme féminine. Elle est nommée Chandra par les Indiens, Luna chez les Romains et Séléné chez les Grecs. Tous les humains de la Terre ont vénéré la lune, considérée par certains comme la déesse de la fécondité.
Ces deux divinités, la lune et le soleil restent protectrices.
Mais il y a aussi des dieux menaçants ou considérés comme tels par les hommes.
Ainsi chez les Scandinaves, Odin, le plus puissant, vénéré et craint, représente le dieu créateur de la Terre et de l'humanité et sa colère est crainte par les humains.

CRISTINA

Les déesses sont aussi présentes chez ces peuples.
Voyez, Niccolo, que les femmes ont du pouvoir.

NICCOLO

C'est vrai. Ainsi ces divinités contrôlent les forces de la nature qui peut donc être à la fois bienfaitrice et menaçante.

LA VOIX

Oui. A cause de l'apparition du Temps qui notamment génère les saisons, la nature bouge, évolue sans cesse et devient soumises à des forces contraires. Si les humains la remercient pour ses bienfaits, ils la craignent pour ses excès. C'est pourquoi, dans ce monde-ci, ils l'ont spiritualisée.

Cette spiritualisation de la nature se manifeste surtout au Japon où les Kami, sorte d'entités subtiles, habitent et font vivre chaque élément de la nature cosmique et terrestre.

Le soleil, le vent, la pluie, la mer, les montagnes, les arbres, les – même la lune, si elle se rapprochait trop de la Terre – sont tous à la fois bienfaiteurs mais aussi menaçants par leurs excès. Trop de vent engendre les tempêtes, les inondations.

Alors, c'est une divinité féminine, cette fois aussi, qui apparut : Amaterasu, la déesse du Soleil.

Elle fût cachée dans une grotte par son frère rival, Susanô, le Kami de la mer et du vent. La Terre fût plongée dans une immense obscurité.

Heureusement la Déesse en sortit longtemps après grâce à l'intervention du Kami de l'aube et de la fertilité, la déesse Uzume. Le soleil alors réapparut sur la Terre.

Scène 3.

LUDIVINE

C'est merveilleux. Je me sens vraiment reliée à cette nature et j'ai envie de faire corps avec elle ! Venez avec moi, Francesco, nous baigner dans cette rivière.

FRANCESCO

Je ne demanderais pas mieux mais….

LUDIVINE

Mais quoi ? Profitons de ces instants.

FRANCESCO

Il m'est difficile de résister à ta proposition. D'autant que j'ai besoin de me rafraîchir.

(Ludivine et Francesco sortent)

NICCOLO

Oui, oui. Allez-y donc !
Pendant ce temps-là, je vais me promener avec Cristina dans cette forêt. Tu viens Cristina ?

LA VOIX

Profitez-en. Car le Temps est le grand ennemi sous le ciel de cet étage. N'oubliez pas que c'est lui qui peut rompre l'équilibre.

CRISTINA

Mais comment cela ? Tout semble encore si beau ici.

NICCOLO

Dites, la Voix, envoyez-moi donc ce Chronos que je lui casse la figure !

LA VOIX

Comme tu voudras, Niccolo. Mais c'est lui qui te vaincra.

NICCOLO

Nous allons bien voir.

(Et Chronos apparaît sous une forme humaine.)

CHRONOS
(Il regarde Christina et Niccolo)

Quel est donc l'humain qui veut se mesurer à moi ?

NICCOLO

C'est moi. Niccolo. Viens Chronos, je t'attends de pied ferme !

(Ils se battent un moment mais Niccolo a le dessous.)

CHRONOS

Alors, mon ami. Tu es vaincu : regarde donc le soleil

NICCOLO

Il a disparu.

CHRONOS

Alors ? Convaincu et vaincu, n'est-ce pas ?

NICCOLO

Oui. Je l'avoue.

CHRONOS

Et encore, tu n'as vu et senti qu'une partie de mon pouvoir.

(Ludivine et Francesco reviennent)

FRANCESCO

Expliquez-nous donc ça, monsieur le Temps.

LUDIVINE

Oui, nous brûlons de le savoir car on a bien l'impression que… quelque chose s'est passé en nous depuis qu'on a quitté le 1er monde.

CHRONOS

(Après un silence)

A quoi pensez-vous exactement ?

CRISTINA

A vous. Oui, à vous. Constamment.

NICCOLO

On… on ne peut plus s'en empêcher. C'est plus fort que nous ! Surtout depuis tout à l'heure. J'en ai encore mal au bras !

LUDIVINE

C'est vrai que je pense encore à notre promenade avec Francesco. C'était très agréable. Dommage qu'elle soit finie !

FRANCESCO

Je dois avouer que cette petite randonnée-baignade avec Ludivine a été fort sympathique. Je partage ses regrets, moi aussi.

NICCOLO

Alors que moi, avec Christina, n'avons même pas encore fait de promenade tous les deux.
(Il regarde Christina d'un air tendre)
J'aimerais tant, pourtant…

CHRONOS

Voyez : les uns, c'est déjà un passé, les autres, c'est déjà un futur. C'est normal. Tant que je serai devant vous, vous ne penserez plus au PRÉSENT.

FRANCESCO

J'ai parfaitement compris. Je crois qu'il faut s'en aller d'ici. Au plus vite.

CHRONOS

Alors, venez… Suivez-moi. Je vais vous conduire à votre ascenseur.

(Chronos les conduit vers une clairière.)

NICCOLO

Mais… il n'y a pas d'ascenseur !?

CHRONOS

Si, si. Vous allez le voir. Dans quelques secondes…

CHRISTINA

Et… comment allez-vous faire ?

CHRONOS

C'est simple : vous me regardez chacun, droit dans mes yeux. Profondément. Et, vous vous rappelez, en le visualisant, l'ascenseur qui était là, quand vous êtes arrivés ici, à cet étage.

NICCOLO

C'est simple comme « Bonjour ».

LUDIVINE et FRANCESCO

Au revoir, monsieur le Temps.

(L'ascenseur apparaît et ils montent dedans.)

ACTE IV

Scène première

(Les quatre compagnons, après les caprices attendus de l'ascenseur, arrivent au 3ème étage.)

NICCOLO

Troisième étage. Normal !
On y va Francesco, ou on tente encore une fois d'aller au cinquième ?

FRANCESCO

Non. Je sens que ce ne sera pas possible. Bizarrement, cet ascenseur semble programmé. On va sortir. Nous verrons bien.

LUDIVINE

Francesco, tu sais, j'ai l'impression que cela ne va pas être très agréable. Tu me protègeras, dis ?….

CRISTINA

Non, mais…vous l'entendez celle-là !

NICCOLO

Quoi, tu es jalouse, peut-être ? Ou tu as besoin de faire te protéger ?

FRANCESCO

Oui, Ludivine, je serai là. A côté de toi.
Bon. Vous autres, calmez-vous un peu. Ludivine n'a pas tort. Je pense, moi aussi, que cet étage-là ne nous promet pas de très belles choses à voir.

(Un silence)

Mais, attendons ce que va nous annoncer la Voix.

LA VOIX

Vous êtes maintenant au troisième étage. Plus très loin de celui que vous souhaitez atteindre, m'a t-il semblé. Mais, patience, cela viendra. Enfin, je l'espère pour vous !
Ici, vous constaterez que les humains, un peu plus nombreux qu'avant, prennent conscience de leurs différences.
Certains sont plus beaux, plus forts physiquement, d'autres plus faibles, moins beaux. Leur ego apparaît, de façon excessive, provoquant chez les uns vanité, orgueil, désir de domination et de pouvoir, chez les autres, défiance, méfiance, crainte, culpabilité.
Alors les conflits commencent à surgir de toutes parts.

NICCOLO

Charmant !

CRISTINA

Dites-nous un peu, la Voix, on ne va pas devenir comme eux, j'espère ?

LA VOIX

Euh… je ne sais pas. Cela dépend de vous, dans un sens. Dans un autre… vous pouvez le devenir.

NICCOLO

Sympa, cet étage !

LA VOIX

Hélas, ce n'est pas tout.
(Un temps)
Chronos, le Temps devient plus intense, les saisons de plus en plus marquées, la nature de moins en moins clémente. Les humains ont dû s'organiser et se protéger contre cette nature changeante et parfois hostile. Ainsi, en petits groupes, puis en communautés, ils ont construit des maisons, des villages….Puis des villes, des régions, des pays qui deviennent de plus en plus séparés, autonomes avec leurs coutumes et leurs traditions. Mais….

NICCOLO

Quoi, Chronos ! Encore lui ?! Il commence sérieusement à m'agacer celui-là ! Bon. Continuez, continuez….On veut tout savoir. Afin d'éviter peut-être que ça nous arrive !

LUDIVINE

C'est préoccupant, cette évolution…

LA VOIX

En raison de toutes ces difficultés, ces humains vont s'organiser pour leur vie de tous les jours : ils vont devoir faire venir en quantités suffisantes dans leurs villes et villages des marchandises et des produits de toutes sortes, administrer le système des récoltes et de la pêche, Et c'est à cette époque que le troc disparaît et que l'argent apparaît. Progressivement, des mini sociétés se créent, et certains hommes, conscients de leur supériorité, vont s'ériger en chef.
Les différences entre tous ces humains se font sentir : les uns, profitant des faiblesses des autres veulent les dominer.
La souffrance commence à naître un peu partout.
Alors….

NICCOLO

Alors…? Continuez, continuez… Cela devient passionnant !

FRANCESCO

Niccolo, cesse donc un peu d'interrompre la Voix.
Et puis, ce n'est sûrement de sa faute si les humains deviennent comme ça.

CRISTINA

Reprenez, madame la Voix. Je sens qu'il va y avoir bientôt du grabuge à cet étage.

LA VOIX

Eh, oui !…. Mais cela dépend des contrées sur cette planète.

NICCOLO

Ah, bon…. ? Expliquez-nous cela, madame la Voix.

LA VOIX

Ainsi en Inde, la nature représente encore l'une des manifestations les plus importantes de l'Energie Créatrice et dont l'humain fait partie. Cette Energie suprême vient de Brahma qui n'existe pas en tant que dieu personnifié. Il fait partie de la Triade hindoue composée de Vishnou, lequel constitue le maintien du Monde et de Shiva qui représente à la fois la destruction et la création, garant du renouveau perpétuel de la vie.

CRISTINA

C'est pas mal, tout ça… non ?
Ils vont sûrement s'en sortir, ces Hindous !

LA VOIX

Oui. Ils ont une grande force en eux. Vous en verrez les raisons plus tard. Quand l'instant sera venu.
Malheureusement, d'une façon générale, l'humanité, de plus en plus oppressée, angoissée, va se poser des questions sur les raisons de sa propre existence : pourquoi vit-elle sur la terre puisqu'il y a la souffrance, la maladie et la mort ? Où va-t-elle aller après ? Aussi va-t-elle ressentir le besoin de se tourner vers une protection divine, plus proche d'elle.
Non plus celle de la nature, devenue si capricieuse, mais vers des hommes supérieurs, habités par la parole de Dieu, Et, peu à peu, sur une grande partie de la planète, ils vont découvrir qu'il y a des êtres humains, comme eux, mais dotés d'une grande sagesse, susceptibles de les aider et de diminuer leur détresse. Ce sont les Messagers, les Envoyés de Dieu : Moïse, Jésus, Mahomet. Ces messagers vont être les Guides tant attendus.

FRANCESCO

Ainsi les religions vont apparaître sur la Terre ?

LA VOIX

Religions au sens général, oui.

NICCOLO

Au sens particulier, c'est quoi ?

FRANCESCO

Tu n'as pas fini de lui poser des tas de questions !?

LA VOIX

Dans le sens d'origine, « religion » veut dire « relier ». Se relier à soi, mais aussi à l'Etre Suprême. Mais le mot a perdu son vrai sens, en se pluralisant : les religions vont surgir avec tous les excès qu'elles vont entraîner.

LUDIVINE

Oui. Mais aussi leurs bienfaits protecteurs et rassurants.

CRISTINA

Les gens vont pouvoir prier, invoquer Dieu qui les exaucera et les fera espérer.

LA VOIX

Oui et non. Les humains, à l'exception d'une grande partie de l'Asie, ne vont s'en remettre qu'à Dieu ou à leur messager, pour les sauver ou punir leurs congénères et perdront le sens de la responsabilité de leurs propres actes.
Mais… ce n'est pas tout : les adeptes de ces religions s'aperçoivent bientôt des différences entre chacune d'elles. Alors, certains Guides vont imposer aux autres leurs croyances et leurs dogmes. Souvent dans la violence et par des guerres.

NICCOLO

Apparaissent donc les guerres de religions, c'est ça que vous voulez dire ?

LA VOIX

Hélas !
(Un temps…)

NICCOLO

Mais… c'est merveilleux, ce petit monde-là ! Non ?…Eh bien… si ça ne vous ennuie pas, je sens que je vais partir d'ici. Et… vite !

CRISTINA

Il a raison, moi aussi. Vous venez ?

LUDIVINE ET FRANCESCO

Oui, nous aussi !

(Ils retrouvent l'ascenseur et entrent à l'intérieur.)

ACTE V

Scène première

FRANCESCO

Niccolo, veux-tu appuyer sur la touche 5 ? Normalement, notre ascenseur devrait fonctionner.

NICCOLO

A part ses soubresauts habituels et ses noirs !
Bon. J'appuie… !

(De nouveau, tremblements, soubresauts, arrêt brusque et noir.)

NICCOLO

Ça recommence. Y avait longtemps ! J'en étais sûr !

(Après une dizaine de secondes, l'ascenseur repart)

CRISTINA

Le voilà qui repart ! Dans 4 secondes, on sera au cinquième.

NICCOLO

Eh, non… Quatrième !

CRISTINA

Encore bloqués et plus de lumière !

LUDIVINE

En plus, la porte ne s'ouvre pas. Mais, vous entendez ? Quel tumulte ! Comme si elle était ouverte.

FRANCESCO

Et on entend de nouveau la Voix.

LA VOIX

(Couvrant à peine cris, hurlements et sirènes.)

Voici à présent, chers auditeurs, le CONDENSÉ des nouvelles du jour : la plupart des chefs d'état n'ont pu s'entendre à l'issue des pourparlers ayant pourtant duré plus de huit heures. Une guerre risque de se déclarer. Dans le même temps, les ventes d'armes viennent d'augmenter de 90% !

Dernière minute : un tremblement de terre, de magnitude 9,5, vient de se produire en Europe du Sud. Dernière seconde : un attentat-suicide dans le quartier nord : 3 morts !

NICCOLO

Non seulement, on réentend ces choses terribles, mais on est plongés dans le noir et on ne peut même pas sortir !

LUDIVINE

Francesco, tu es où ?

FRANCESCO *(Gardant son calme)*

Je ne suis pas loin. Viens près de moi.

CRISTINA

Niccolo, essaies de réappuyer sur le bouton 5 !

NICCOLO

Ca y est ! Quittons définitivement cet horrible étage !

Scène 2.

(La cabine se rallume et, sans bruit, repart doucement, sans bruit.)
FRANCESCO

C'est bon maintenant. Et… vous avez remarqué, l'ascenseur repart pour une fois, sans aucun soubresaut, sans bruit, tout en douceur !

(L'ascenseur arrive enfin au 5ème étage, s'arrêtant en douceur)

NICCOLO

Enfin, le 5 étage ! C'est pas trop tôt !

CRISTINA

On est de retour dans le magasin.

LUDIVINE

Mais dans le calme et sans la Voix !

NICCOLO

Ne vous inquiétez pas : elle ne va pas tarder.

LA VOIX *(Très douce)*

Bienvenue et bonjour dans notre grand magasin…

NICCOLO

Qu'est-ce que je disais !….

LA VOIX

Bienvenue et… chers clients… Chacun de nos étages, spécialement celui-ci, vous proposent…

LUDIVINE (*A Francesco*)

Tu vois, elle est revenue !

LA VOIX

Hum… vous proposent –disais-je- toutes sortes de produits et d'objets, d'une médiocre qualité à une grande qualité à cet étage. Nos prix sont devenus de plus en plus raisonnables : au fur et à mesure que vous monterez, vous trouverez des articles de plus en plus beaux à des prix de moins en moins élevés.

LUDIVINE

C'est extraordinaire, n'est-ce pas ?

NICCOLO

Ouais….Un peu bizarre, non ?

FRANCESCO

Ne sois pas sceptique, Niccolo. J'ai comme l'impression qu'il y a un changement.

NICCOLO

Peut-être. Mais cet étage ressemble fort à celui d'en dessous : les mêmes rayons, à peu près les mêmes décors…..

CRISTINA

Avec beaucoup moins de monde. Et là, devant nous, on trouve aussi un rayon « parfumerie ». En plus, il y a seulement six personnes qui attendent. Allons-y !

Scène 3.

LUDIVINE

Mais… mais, Cristina, la $6^{\text{ème}}$ personne qui attend en dernier, elle te ressemble étrangement.

(Ludivine s'approche de la personne, la regarde puis regarde Cristina.)

Mais, c'est toi Cristina !

(A la personne)

Mademoiselle, excusez-moi, mais votre prénom ne serait pas Cristina ?

(Cristina se substitue dans le noir à la personne et répond à Ludivine.)

CRISTINA

Oui c'est moi ! Mais regarde donc ce type qui fait la queue en dernier…

FRANCESCO *(A l'homme en question)*

Oh, vous là-bas ! Je vous ai vu resquiller et vouloir passer devant cette jeune fille.

LE RESQUILLEUR

Excusez-moi, Monsieur, mais vous aurez mal vu. C'est ma voisine de palier et je voulais juste la surprendre et la saluer.

FRANCESCO

Ah bon.

(A la jeune fille brune)

Pardonnez mon intrusion, je pensais que ce monsieur voulait passer devant vous. Il y a une telle queue !

LA JEUNE FILLE BRUNE

Oui, oui. C'est vrai ! Pardon, Monsieur, mais j'étais devant vous.

LE RESQUILLEUR

Mais…Cristina, c'est moi ! Tu ne m'avais pas reconnu ?

CRISTINA

Tu me suivais ?

LE RESQUILLEUR

On s'était un peu disputés ce matin. Alors, je tenais à…

FRANCESCO

Bon. Je vous laisse…
(Il s'éclipse discrètement)

CRISTINA

Ecoutes, je voulais être seule pour faire des courses. J'avais des produits de beauté à acheter ici.

LE RESQUILLEUR

Voyons, Cristina, tu sais ce qu'ils vendent ici : du shit, du crack, des drogues dures, quoi !... Et tout ça discrètement cachés dans des flacons d'eau de toilette et de parfum !

CRISTINA

Vraiment ? Mais…comment le savais-tu, toi, dis-moi ?

LE RESQUILLEUR

Je l'ai su. C'est tout. Jusqu'à maintenant, ils vendaient toutes ces saloperies clandestinement. Mais à présent, ils vendent de vrais produits de beauté.

CRISTINA

Bon. Très bien. Je ne t'avais pas demandé de me suivre, mais, en l'occurrence, j'avoue… *(Un silence, elle le regarde)*

Je te remercie.

LE RESQUILLEUR

Je vais t'offrir un vrai parfum. Je… Je regrette sincèrement ce qui s'est passé ce matin, Cristina.

(Elle le regarde tendrement, prend le flacon qu'il lui offre et l'embrasse. Noir pendant lequel le resquilleur sort.)

CRISTINA

(Revient vers Ludivine)

Voilà Ludivine, je suis revenue

LUDIVINE

Finalement, j'ai vu que cela s'était bien passé avec ce type. C'est ton copain, n'est-ce pas ?

CRISTINA

Oui, oui. Très bien. Il a changé vraiment, je crois.

(Subitement, de nouveau la Voix.)

Scène 4.

LA VOIX

Aujourd'hui, en ce lundi mémorable qui fête le jour de la paix revenue en ce monde…
… des milliers de personnes portant des fleurs se sont réunies sous l'arche de la place principale…
En Asie du sud-est, l'accalmie du temps revient avec un doux soleil sur la mer et les plages où les risques de tornades et d'ouragans ont disparu…

L'effet de serre est jugulé partout : les glaciers ne fondent plus…
A Paris, le Ministère de l'Intérieur a la joie d'annoncer que la criminalité a diminué de 99% en l'espace de 6 mois.
A la veille des élections, les divers commentateurs politiques louent l'entente entre les divers partis dont le nombre ne se réduit plus qu'à deux….au lieu de trente !
Excellente nouvelle pour le gouvernement : le taux de chômage a baissé de 90% en l'espace d'un mois.
En outre la Bourse de Tôkyô et de Paris enregistre une hausse de 12%… hausse jugée raisonnable.
Enfin, un nouveau recensement de la population mondiale fait état pour la première fois depuis deux ans, d'une diminution remarquable de : 3 milliards d'habitants au lieu de 50.

FRANCESCO

Bon… Toutes ces nouvelles sont plutôt rassurantes, non ?

NICCOLO

A priori, ça change… Maintenant, faut voir dans les faits…

LA VOIX

Ces nouvelles correspondent aux faits, soyez apaisés.
En revanche, voici quelques informations moins bonnes :
S'annoncent un peu partout dans le monde plusieurs grèves des journalistes politiques – les plus nombreux.

Les raisons sont simples : ils ont beaucoup moins de travail qu'avant. Car il y a moins de conflits un peu partout dans le monde, conflits de toutes origines : sociale, politique, familiale, faits divers. De plus en plus, les gouvernants, les responsables à tous les échelons approfondissent les causes des oppositions, et parviennent à des conciliations dans un objectif d'harmonie et de paix.

Mais….cette nouvelle conception de la politique ne va pas dans l'intérêt des médias lesquels, bientôt n'auront plus d'articles à écrire.

CRISTINA

Et… plus tard, bientôt peut-être, plus de drames, plus de conflits, plus de violences, plus de terrorisme !

NICCOLO

Oh, les pauvres ! Il faut faire quelque chose…

LUDIVINE

Mais, ils pourront diffuser de bonnes nouvelles, rassurantes, belles, riches, intéressantes.

CRISTINA

Oui. Ils vont devoir se recycler dans les bonnes nouvelles.

FRANCESCO

Parfaitement. Tous ces journalistes auront à s'adapter à de nouveaux comportements moins égoïstes, moins vaniteux, moins orgueilleux, afin de diminuer la violence. Et surtout à faire ressortir les vraies valeurs humaines. Au plan individuel, familial, régional, national, continental, la compréhension, l'acceptation de l'autre, la générosité devront se manifester et se transmettre grâce aux medias.

CRISTINA

Si tous les hommes pouvaient enfin comprendre ce nouveau genre d'informations ! Les relations entre femmes et hommes seraient tellement plus belles et sans conflits !

Scène 5.

LA VOIX

Sans conflits, oui.
(Un silence)
Hélas, durant ces deux dernières périodes de l'humanité, depuis environ 2500 ans, la domination, les puissances de l'argent, les ventes d'armes en masse ont entretenu les révolutions, les guerres et plus récemment le terrorisme mondial, généré par la misère de

grandes régions du Globe et récemment alimenté par une recrudescence des guerres de religions.

Se sont ajoutées à ces fléaux la surpopulation avec une surconsommation globale entraînant une pollution excessive de la planète (réchauffement climatique, déforestation)…

Il y a eu enfin les crises sociales causées par le chômage généré lui-même par les faits précédemment évoqués.

FRANCESCO

L'homme peut-il s'en sortir ? Par quels moyens ?

LA VOIX

Il le peut.
(Un temps)
Il ne tient qu'à lui et à lui seul de sauver la planète, SA Terre.
(Un temps)
L'on assiste depuis la fin du dernier grand conflit mondial à la surgescence « d'îlots de lumière ».

Ils représentent de petits groupes d'hommes et de femmes – écrivains, philosophes, artistes – des associations caritatives et spirituelles qui, tous, analysent les causes profondes de cette immense crise de l'humanité afin œuvrer efficacement à une suppression progressive de la violence générale engendrée par tous ces fléaux. Ainsi les relations entre les humains s'amélioreront car elles seront basées sur la **confiance** et non sur la **défiance**.

NICCOLO

Je ne demande pas mieux que d'être un ilot lumineux pour éclairer ceux qui ne voient plus !

CRISTINA

Ca va les « chevilles » ? Tu te prends pour une « lumière », même si elle est petite ?

FRANCESCO

Mais, la violence n'existe-t-elle pas déjà en l'homme ?

LA VOIX

Non.
Pas depuis le début. Vous avez d'ailleurs pu le constater aux deux premiers étages. La violence n'a commencé qu'au troisième et a trouvé son point culminant au quatrième.

NICCOLO

On en sait quelque chose !

FRANCESCO

Quelle est la cause primordiale de cette violence, en dehors de tous ces faits extérieurs qui touchent l'humanité ?

LA VOIX

C'est un « gonflement » considérable de l'ego qu'il faut réduire à sa juste proportion.
Pour cela, il importe à l'homme de se changer intérieurement c'est-à-dire de transformer sa conscience.
Et c'est précisément ce dont parlent les principales écoles spirituelles de ce monde-ci, celui où vous êtes maintenant.

LUDIVINE *(Aux autres)*

Mais qu'entendez-vous par « gonflement de l'ego » ?

FRANCESCO

La surestimation de soi-même, « l'ego » voulant dire le moi ou le soi.
(Un temps)
Toutefois la conscience du moi est importante. Si on n'en n'a pas, on perd sa confiance. De plus, cette conscience permet d'accéder à la conscience du « toi ».

NICCOLO

De l'autre, enfin ! Sinon on ferait n'importe quoi, comme si j'embrassais Cristina sans qu'elle me l'ait demandé !

CRISTINA

Eh bien, dis-donc, toi !…

FRANCESCO

Exact. Si tu n'as pas conscience de Cristina, tu ne peux pas connaître ses intentions.

CRISTINA

Ça c'est sûr. J'ai mon copain et je ne me laisserais pas embrasser par n'importe qui !

NICCOLO

Je ne suis pas n'importe qui, Cristina !
(Un temps)
Eh… c'est bizarre, ça ! Si ce n'est pas n'importe qui, tu te laisserais embrasser ?

CRISTINA

Mais mon copain n'est pas n'importe qui. *(Un silence)*
Ecoute, Niccolo, toi, c'est différent, je t'aime, oui, mais comme un ami. Un ami que tu es devenu, après tout ce qu'on a vécu ensemble.

NICCOLO

Oui, c'est vrai Cristina. Je te taquinais. Toi aussi, tu es devenue une vraie amie pour moi.

FRANCESCO

Vous êtes mignons tous les deux mais écoutez donc la Voix. Ce qu'elle veut dire, c'est qu'il ne faut pas que la conscience du moi l'emporte sur celle des autres.

LUDIVINE

La conscience de soi doit être modérée. Pour respecter celle de l'autre. C'est ce que j'ai voulu exprimer dans mon poème.

LA VOIX

Trop d'ego chez les uns entraîne la volonté du pouvoir, de la domination, produisant chez les autres de la frustration, de la méfiance puis un retour à la violence. Engrenage sans fin ! C'est pour cela que des philosophes, écrivains, animés d'une grande spiritualité -venus surtout de l'Inde- tels que Sri Aurobindo, Tagore, Krishnamurti, mais également venus de l'Occident, : Bergson, William James et plus récemment Eckhart Tolle, Frédéric Lenoir, ont écrit et organisé des conférences pour nous aider, notamment par la méditation, à retrouver la conscience de notre être intérieur profond et donc de diminuer notre ego excessif.

CRISTINA

Et ces nouveaux comportements vont se manifester grâce aux femmes aussi, je parie.

LA VOIX

C'est vrai. En grande partie. Car à présent, certains gouvernements sont occupés par des femmes.

LUDIVINE

Lesquelles sont moins dans la soif du pouvoir et davantage dans la préoccupation d'organiser la société avec un maximum d'harmonie à tous les niveaux.

CRISTINA

Et de ce fait, elles sont plus souples dans leurs décisions finales.

NICCOLO

Bon. Ok. Mais n'en rajoutez pas trop. Il y a des hommes très bien aussi. D'ailleurs, je suis sûr que mon ami Francesco qui est la modération même, s'accorde parfaitement avec la gente féminine.

FRANCESCO

Absolument. N'est-ce pas, Ludivine ?

LUDIVINE

(Se rapprochant de lui)

Ah, Francesco !…

FRANCESCO

J'ai l'intuition que tu es la douceur même. Je te connais à peine, mais déjà…

LUDIVINE

(Elle lui prend la main)

Tu ne crois pas si bien dire….

(Elle l'embrasse d'un doux baiser furtif.)

NICCOLO

Ah, l'amour naissant !… Que c'est beau !

CRISTINA

(Elle embrasse Niccolo sur le bout du nez.)

Toi aussi tu es gentil et doux, Niccolo.
(Aux trois)
Et puis, je suis si contente de vous avoir rencontrés, après toutes ces aventures !…

LUDIVINE

Alors, écoutez ce petit poème que j'ai écrit à un homme que, dans le passé, j'aurais pu aimer :

Si tu avais compris que je voulais fleurir
Et non pas envahir
Le jardin de ton cœur

Si tu avais senti que je voulais comprendre
Et non pas supporter
Tes tourments de chaque jour

Si tu avais senti que je voulais t'offrir
Toutes les beautés du Monde
Illuminant mon âme
Comme une divine lueur

Si tu avais compris que je voulais t'offrir
Et non pas t'imposer
Les couleurs de mes rêves

Si tu m'avais parlé comme on parle au silence
Seul sur un banc
Dans un parc au soleil

Alors… tu aurais su
Que simplement j'aimais
Je t'aimais…

FRANCESCO

Ludivine, ce que tu as écrit est magnifique. Je pense que cet homme a pu comprendre ces vrais mots d'amour. Mais sache que, pour moi, même plus tard, tu n'auras jamais à m'écrire un tel poème. Je te le promets…

LUDIVINE

Francesco…

FRANCESCO

Chuut… Ne dis rien, Ludivine. Ne dis rien.

CRISTINA

Alors, je ressens la conviction à présent que pour arriver à cette transformation entre les êtres humains, l'Art est devenu très important aussi.

LA VOIX

L'Art est, avec la nature, le moyen de relier les humains entre eux en se reliant à la Beauté de la nature dont ils sont issus.
En contemplant d'une façon spirituelle un arbre, une rivière, une forêt, les montagnes, nous devenons cet arbre, cette rivière, cette forêt car à ce moment précis, l'observateur devient l'observé – sans projection aucune de sentiments et d'émotions- tel que le dit Krishnamurti.

NICCOLO

L'homme doit retrouver un lien nouveau avec la nature en la respectant et en la sauvegardant. Alors, bientôt plus d'effet de serre, plus d'ouragans, plus d'inondations, plus de tremblements de terre… !

LUDIVINE

J'ai soudain la nostalgie du premier étage !

FRANCESCO

Moi aussi : la nature était si belle !…

CRISTINA

Et si en harmonie avec les humains !….

LA VOIX

Oui. Car ainsi percevrons-nous la vraie beauté de la nature comme nous l'exprimerons dans l'Art.
« La Beauté sauvera le monde » disait Dostoïevski et l'Art en est l'instrument. Il ouvre le monde sur l'infini et le mystère. Il est un instrument de méditation et de purification.
Tous ces grands courants spirituels, le Bouddhisme, le Taoïsme, le Shintoïsme, apparus lors de la deuxième période de l'humanité, sont toujours présents.

C'est pourquoi la nature peut aider les humains à se relier à elle et avec eux-mêmes. Ainsi s'ouvrira le vrai Chemin

(Silence)

Vous êtes venus ici, à cet étage, sous ce cinquième ciel, pour assister et vivre à la transformation de chacun et du monde sur lequel vous vivez.

(Un temps)

Ma voix va s'éteindre maintenant.

FRANCESCO

Mais…qui êtes-vous donc pour nous avoir ainsi parlé ?
LA VOIX

(Un temps)

Je suis la Voix de la Terre. VOTRE TERRE… !

NOIR FINAL

© 2015 - 2016, Philippe Bréham, SACD

(Achevé le 22 janvier et remanié le 29 avril 2015)
S.A.N. (Spiritualité Art Nature)
15, rue Buffon, 75005 Paris
www.assosan.fr

Édition : Books on Demand, 12/14, Rond-point des Champs Élysées
Impression : BoD – Books on Demand, Allemagne

ISBN : 978-2-8106151-1-7 - EAN : 9782810615117
Dépôt légal : avril 2016